mondragó

CRÍAS DE DRAGÓN

DESTINO INFANTIL Y JUVENIL, 2018
infoinfantilyjuvenil@planeta.es
www.planetadelibrosinfantilyjuvenil.com
www.planetadelibros.com
Editado por Editorial Planeta, S. A.

© del texto: Ana Galán, 2018
© de las ilustraciones de cubierta e interior: Javier Delgado González, 2018
© Editorial Planeta S. A., 2018
Avda. Diagonal, 662-664, 08034 Barcelona
Primera edición: marzo de 2018
ISBN: 978-84-08-18249-8
Depósito legal: B.2.667-2018
Impreso en España – *Printed in Spain*

El papel utilizado para la impresión de este libro es cien por cien libre
de cloro y está calificado como **papel ecológico**.

Ana Galán

CRÍAS DE DRAGÓN

DRAGONES de HIELO

Ilustraciones de Javier Delgado

DESTINO

Samaradó

Mar Ejada

Herrería

Bosque de la Niebla

Dragonería

Castillo de
Wickenburg

Montañas Glaciares

Horno

Cuevas del Trol

Colegio

Castillos del pueblo

PERSONAJES

CALE

Inteligente, deportista y divertido. Tiene una misión y no descansará hasta que la cumpla.

MONDRAGÓ

No es un dragón como los demás. No puede volar, se distrae con las moscas, se tropieza todo el rato y estornuda sin parar, echando fuego por la nariz.

CASI y CHICO

Casi, el mejor amigo de Cale, casi siempre tiene buenas ideas. Chico es su dragón.

ARCO y FLECHA

Arco es el irresponsable e hiperactivo del grupo. Sus padres le obligan a usar casco cuando monta en su dragón, Flecha.

MAYO y BRUMA

Mayo es muy disciplinada ¡y muy valiente! Le encanta entrenar a su dragona, Bruma.

LO QUE HA PASADO
HASTA AHORA

A Cale y a sus amigos —Mayo, Casi y Arco— les han encomendado una misión muy importante y peligrosa: recuperar los huevos de dragón que ha robado una banda de delincuentes de las incubadoras de la dragonería. Es un trabajo demasiado arriesgado para un grupo de chicos tan jóvenes. Antón, el dragonero, hubiera preferido no encargarles esa tarea; sin embargo, él sabe que debe quedarse a vigilar la dragonería y reparar los desperfectos que ocasionaron los ladrones. Además, es muy importante que nadie en el pueblo se entere de lo que está pasando para que no cunda el pánico hasta que regrese de viaje el padre de Cale, que es el nuevo alcalde de Samaradó.

Los ladrones se llevaron ocho huevos en total, y Cale y sus amigos, gracias a la ayuda de sus dragones y, en especial, del travieso Mondragó, ya han conseguido recuperar seis de ellos.

El primero que recuperaron fue una cría de dragón de tierra o compactiforme. Es un dragoncito tímido de color azul que se encariñó con Casi y, desde entonces, el chico se ha encargado de cuidarlo.

Al día siguiente, mientras Casi construía uno de sus inventos en la dragonería, sus tres amigos salieron a buscar los huevos de dragón de fuego que estaban a punto de eclosionar. Los encontraron en la herrería, y cuando los llevaban de vuelta a la dragonería, ¡los huevos se abrieron! Salieron dos crías mandibuladas de color rojo que gruñían sin parar y se peleaban entre ellas. Cuando los chicos creían que habían finalizado su misión y estaban a punto de llegar a la dragonería, los ladrones les prepararon una emboscada y los atacaron. Después de una intensa pelea, una vez más, Mondragó consiguió librarse de sus enemigos y pudieron llevar los dragones sanos y salvos a Antón.

Para encontrar al tercer dragón, un misterimorfo de agua, Cale y Mayo fueron a investigar al castillo del exalcalde Wickenburg. Allí descubrieron que el castillo estaba tomado por la banda de ladrones, unos chicos jóvenes, sucios y andrajosos que se comportaban como animales salvajes. En el foso del castillo habían metido el huevo del dragón de agua, y cuando este se abrió, ¡se disponían a comérselo! Uno de los chicos de la banda, Mofeta, descubrió a Cale y Mayo escondidos detrás de un árbol y los llevó al castillo pensando que eran del grupo. ¡Estaban atrapados! Por suerte, apareció Arco con su dragón y consiguió distraer a los ladrones para que Cale y Mayo escaparan y salvaran al pequeño.

A las crías de dragón de las cuevas las encontraron gracias a Casi, que, a pesar de que cayó en una trampa que le había tendido Mofeta, hizo que sus amigos fueran a las cuevas del Trol y rescataran a los pequeños animales.

Mientras estaban allí, Mayo y Cale confirmaron sus peores sospechas: al mando de la banda estaba su peor enemigo, Murda, y nada más ni nada menos que el profesor Trabuco.

¿Qué pasaría ahora cuando volvieran

al colegio y se lo encontrasen de nuevo? ¿Los habría reconocido? ¿Estaban en peligro?

Ahora, más que nunca, debían andarse con mucho cuidado.

CAPÍTULO 1
UNA SEMANA ESPANTOSA

Cale estaba agotado. Había sido la semana más larga del colegio, con exámenes todos los días y sin tener ni un solo minuto para descansar. Además, apenas le había podido hacer caso al pobre Mondragó, que estaba deseando salir a correr y perseguir ardillas. ¡Ni siquiera tuvo tiempo para ir a la dragonería con sus amigos —Casi, Mayo y Arco— y ayudar a Antón a buscar al resto de las crías de dragón que seguían en manos de los ladrones! ¡Ya no podía más!

Exámenes, exámenes y más exámenes. ¡Puf!

En realidad, creía que le habían salido bastante bien. Seguramente aprobaría todo y, a lo mejor, hasta sacaba buena nota en la clase de fisiología de dragones, ¡su preferida! La única de la que no estaba seguro era la de la clase de armas, la del perverso profesor Trabuco.

Desde que él y Mayo descubrieron que Trabuco estaba al mando de la banda de ladrones, Cale no se sentía seguro cerca de él. Estaban casi convencidos de que Trabuco no los había reconocido cuando lo vieron en la cueva, pero la actitud del profesor con ellos era cada vez más agresiva. Los fulminaba con la mirada e incluso los separó el día del examen porque decía que iban a copiar. ¡Y Cale NUNCA copiaba! Podría no haber estudiado lo suficiente y suspender, pero él no copiaba. Su padre se lo había advertido muchas veces: «Cuando copias, robas no solo a los demás, sino también ti mismo». Para Cale, un ladrón era la persona más repugnante del mundo, como los chicos que seguían teniendo en su poder los dos huevos de dragón.

Cale se preguntó si seguirían escondidos en las cuevas del Trol o habrían huido a otro sitio ahora que habían descubierto su escondite, como hicieron cuando los pillaron en el castillo de Wickenburg. Pensó en ellos. Eran chicos como él, pero vestían ropas andrajosas y estaban tan flacos que parecía que no habían comido en meses. ¿De dónde habían salido? ¿Cómo habían acabado así?

El chico se asomó a la ventana. ¡Ahora que empezaba una semana de vacaciones se ponía a diluviar! Sin embargo, él estaba en la habitación de su castillo, tirado en su confortable cama, al resguardo del agua y del frío del otoño. En la pared de enfrente descansaba su paloma mensajera en la percha, y cerca de ella estaba la armadura ultraligera para el equipo de las cruzadas. Un aroma delicioso venía de la cocina. Su madre debía de estar preparando la cena, y el aroma le hizo la boca agua. Sí, definitivamente, él y sus amigos eran unos privilegiados.

Tenían una buena familia y, lo q[...]
genial…, ¡dragones voladores q[...]
sus fieles compañeros! ¿Qué más [...]
pedir? Observó a su dragón, Mondragó,
que estaba tumbado boca arriba en el
suelo de la habitación y roncaba como
un oso, y sonrió al verlo. En situaciones
normales, Mondragó no debía estar en
el castillo porque rompía las cosas con
su inmensa cola ¡y se hacía pis! Pero estaban en medio de una de las mayores
tormentas de los últimos años, y en las
dragoneras había goteras. Así que su
madre le había dado permiso para que
lo metiera en su cuarto. ¡Pero solo en su
cuarto!

«¿Qué más podía pedir? Bueno, si
Mondragó pudiera volar, no estaría
mal», pensó Cale, aunque sabía que, con
esas alas tan pequeñas y el cuerpo tan
grande, el inmenso animal nunca sería
capaz de alzar el vuelo. Aun así, Cale no

no cambiaría por ningún otro dragón del mundo.

¡PROOOOOOOOOOOOM!

Un fuerte trueno interrumpió sus pensamientos.

«Otro día sin salir. Qué rollo», pensó.

Cale se levantó para coger un libro especial que tenía en la mesa: Rídel. Era un libro parlante y sabio que solía ayudarlos a completar sus misiones con sus mensajes en clave. El chico se volvió a tumbar en la cama y tocó las letras doradas del título. Le pareció que el libro latía. Lo abrió y lo hojeó. Las páginas estaban en blanco y no parecía que esta vez tuviera algo que decirle. Cale apoyó la cabeza en la almohada y se quedó mirando al techo.

—Ni siquiera Rídel

nos va a poder ayudar en esta ocasión —le dijo a Mondragó—. ¿Cómo vamos a recuperar los huevos de dragón? ¿Adónde se los habrán llevado?

Mondragó siguió roncando.

¡CRASH!

La luz de un relámpago entró por la habitación e iluminó las paredes.

El resplandor hizo que Mondragó se sobresaltara. El dragón se puso de pie de un salto y fue corriendo a tumbarse al lado de Cale.

—¡Oye! ¡Aquí no cabemos los dos! —exclamó Cale aplastado por el cuerpo del animal.

Mondragó metió la cabeza debajo de la almohada y empezó a temblar.

—Pues sí que eres valiente. Tranquilo, es solo una tormenta —añadió dándole palmaditas en el lomo.

¡PLAM!

Se oyó otro ruido en el castillo. Esta

vez no era un trueno. ¡Alguien había abierto la puerta principal!

¿Quién se atrevería a viajar con la que estaba cayendo?

Cale se levantó de la cama, salió de la habitación y se asomó desde la parte de arriba de la escalera. En la entrada vio la silueta de un hombre corpulento que intentaba luchar contra el viento y la lluvia para cerrar la puerta.

Cale se quedó sin respiración.

¡No podía ser! ¡Había regresado!

Bajó corriendo la escalera y gritó:

CAPÍTULO 2
UNA VISITA INESPERADA

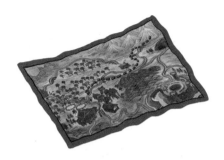

—¡**P**APÁ! ¡YA ESTÁS AQUÍ!

Cale bajó los escalones de tres en tres y se abalanzó a los brazos de su padre haciendo que casi perdiera el equilibrio. ¡Tenía tantas cosas que contarle! Ahora que había llegado, seguro que él sabría cómo poner fin a todos los problemas que estaba habiendo en el pueblo.

El padre de Cale era el nuevo alcalde de Samaradó y acababa de regresar de un largo viaje por los pueblos vecinos para hablar con el resto de los mandatarios y conseguir que la paz siguiera reinando en el país. Lo nombraron alcalde cuando descubrieron que el diabólico Wickenburg, con la ayuda de su hijo, Murda, había estado talando los árboles parlantes del bosque de la Niebla y había encarcelado a un pobre anciano inocente. Después de celebrar el juicio, a Wickenburg y a Murda los desterraron a la Tierra Sin Dragones, pero ¡Cale sabía muy bien que Murda había regresado, y tenían que detenerlo!

Mientras Cale seguía abrazado a su padre, aparecieron su madre y su hermana y, por último, Mondragó, que también quería unirse a la celebración.

—¡Bienvenido a casa! —le dijo la madre dándole un beso y un abrazo.

—¡Papá! ¿Cómo te ha ido? ¿Dónde has estado? ¿Has conseguido visitar todos los pueblos? —Nerea estaba emocionada al verlo y tenía tantas preguntas como su hermano Cale.

El señor Carmona estaba empapado y agotado del largo viaje. Miró orgulloso a su familia y sonrió.

—¡Hogar, dulce hogar! ¡Cuánto os he echado de menos! —dijo. Después cerró los ojos y respiró hondo—. Aquí algo huele muy bien —apreció—. ¿Por qué no dejáis que me cambie y os cuento todo delante de un buen plato de guiso?

—¡Por supuesto! —dijo su mujer—. Lo tendremos todo listo cuando bajes.

—¡Espera! ¡Te acompaño! —dijo Cale, que no quería perder ni un minuto más para contarle a su padre todo lo que estaba pasando.

Ahora que había vuelto, ya nada los detendría. Tenían que continuar la búsqueda de los huevos de dragón inmediatamente. Cale empezó a seguir a su padre escalera arriba, cuando lo interrumpió el grito de su madre.

—¡Cale! ¡Tu dragón!

¡Oh, no!

El muchacho se detuvo a mitad de camino, dio media vuelta y vio a Mondragó al lado de la puerta, con la cabeza agachada, mirándolo con ojitos inocentes.

¡A su alrededor había un enorme charco de pis! Con la emoción, el pobre no se había podido aguantar.

Cale se llevó las manos a la cabeza.

¡Mondragó ya tenía ochenta años y todavía no había aprendido! ¡Qué inoportuno!

El «joven» dragón notó que las personas no estaban muy contentas con él. Movió lentamente su inmenso cuerpo y se puso mirando a la pared, con la mala suerte de que al hacerlo, derribó una mesa con la cola.

¡PLAF!

—¡CALE! —repitió su madre molesta—. Por favor, limpia todo esto y llévatelo a tu habitación. No veo que esas clases en la dragonería estén dando grandes resultados.

—Lo ha hecho sin querer —lo defendió Cale. Pero su madre ya se había ido con Nerea a la cocina.

«Clases de adiestramiento… Si yo te contara…», pensó Cale. Muy pocos sabían que en lugar de ir a la dragonería para las clases de adiestramiento, el dragonero Antón, Cale y sus amigos habían estado muy ocupados poniendo a salvo a las crías de dragón. Resignado, Cale agarró a Mondragó por el collar y se lo llevó a su cuarto. Después de ordenarle que no se moviera de ahí, bajó a limpiar el suelo mientras los truenos seguían retronando en el exterior y los relámpagos iluminaban el cielo encapotado. La tormenta, en lugar de arreciar, parecía que estaba empeorando.

¡PROOOOM! ¡CRAS!

Cuando bajó el señor Carmona, todos se sentaron a la mesa a comer.

Con el ruido de fondo de las cucharas rebañando los platos, el alcalde empezó a contarles sus aventuras. Les habló de tierras lejanas y seres increíbles, como los minuits, unos hombres diminutos que trepaban unos sobre otros para formar figuras de seres espeluznantes y ahuyentar así al enemigo; los insectos gigantes de la ciudad Infecta, los furiosos volcanes en erupción y las criaturas de fuego que vivían en sus laderas. Les habló de pueblos pacíficos como el suyo, de la tribu de los sesúas, con sus poderes mágicos, y de los niños del desierto, que eran capaces de sobrevivir en condiciones imposibles.

Cale escuchaba fascinado todas las historias. ¡Cómo le gustaría visitar todos esos sitios! Esperaba llegar un día a ser alcalde, como su padre, y tener la sabiduría de su madre, que era una de las personas más cultas que había conocido. Así podría visitar reinos lejanos y ayudar a proteger el suyo.

Al oír el relato de los niños del desierto, Cale pensó en la banda de ladrones. Tenía que contarle a su familia lo que estaba pasando.

—Y por aquí, ¿qué tal todo? ¿Hay alguna novedad? —dijo el señor Carmona mojando un trozo de pan en la salsa.

¡Era el momento que Cale estaba esperando!

—Pues… esto… Ha pasado algo grave y tengo que contároslo —empezó a decir el chico.

Su madre, su padre y Nerea se quedaron sorprendidos y lo observaron expectantes.

Cale tragó en seco al notar que los tres le clavaban la mirada. Sabía que las noticias les iban a preocupar, y su madre seguramente se molestaría por no haber confiado en ella antes. Tomó aire y empezó su relato desde el principio, desde el día que a Antón y a él los encerraron en una incubadora asfixiante mientras los ladrones destrozaban la dragonería y robaban los huevos de dragón.

A medida que Cale hablaba, su madre lo miraba con la mano en la boca y los ojos cada vez más abiertos. Su padre estaba cruzado de brazos y fruncía el ceño, y Nerea tenía los brazos apoyados en la mesa y estaba inclinada hacia Cale, como si al estar más cerca pudiera vivir más intensamente las aventuras que les estaba contando.

Cale intentaba describir los sucesos detalladamente, y cuando por fin terminó, se apoyó en el respaldo de su silla y echó un vistazo por la ventana. Ya se había hecho de noche y seguía lloviendo incesantemente.

—Y creo que eso es todo —dijo para finalizar.

Sus padres y su hermana seguían boquiabiertos, y durante un rato que al

chico se le hizo eterno, nadie dijo ni una sola palabra.

Finalmente, su padre se levantó, dio un par de vueltas por el comedor, y cuando por fin se detuvo, miró fijamente a Cale.

—Ven conmigo —ordenó.

—¿Adónde? —preguntó Cale, sorprendido por la respuesta.

—A la dragonería.

—¿Te has vuelto loco? ¿No has visto la que está cayendo afuera? ¡Además, acabas de llegar! ¡Necesitas un descanso! —dijo la madre alarmada.

El alcalde Carmona se acercó a ella y le puso la mano en el hombro.

—Cuando me nombraron alcalde, juré servir a mi pueblo y protegerlo de cualquier peligro —contestó—. Es mi obligación. Cuando resolvamos este asunto, que lo haremos y muy pronto, te prometo que me tomaré unos días de descanso.

Cale sonrió. ¡Su padre había vuelto! ¡Ahora se solucionarían todos los problemas! Se levantó de su silla y siguió al señor Carmona, que ya se alejaba hacia la entrada principal.

—Voy a preparar a Mondragó —dijo dirigiéndose a la escalera.

—No —lo interrumpió su padre—. Iremos en mi dragón. No podemos perder ni un segundo.

CAPÍTULO 3
DE VUELTA A LA ACCIÓN

Kudo, el dragón velocíptero del padre de Cale, era un animal formidable y, probablemente, el más rápido del pueblo. A pesar de que acababa de regresar del largo viaje, en cuanto vio aparecer al señor Carmona, estiró sus amplias alas, flexionó las patas y se preparó para alzar inmediatamente el vuelo.

Cale se subió detrás de su padre, y en unos segundos surcaban el cielo, esquivando los peligrosos rayos que caían a ambos lados.

¡CRAS, CRAS!

La piel negra de Kudo brillaba bajo el gran resplandor de los relámpagos, pero el dragón no daba ni la más mínima señal de estar atemorizado. Atravesaba las nubes a gran velocidad mientras Cale se agarraba a la espalda de su padre con los ojos cerrados. ¡Porque a él sí le daban miedo los rayos! Por suerte, en pocos minutos ya estaban tomando tierra en la dragonería. El señor Carmona se apeó, ayudó a su hijo a bajarse y los dos pusieron a Kudo al resguardo en una cuadra.

La luz de la chimenea y de los quinqués iluminaba las ventanas del caserón donde vivía el dragonero. En el piso de arriba había alguien asomado a una pequeña ventana. Era Mofeta, uno de los chicos de la banda de ladrones que habían conseguido atrapar, aunque se negaba a darles ningún tipo de información.

La puerta del caserón se abrió de par en par, y Cale y su padre vieron la silueta de Antón, que había salido a recibirlos.

—¿Nuño? ¿Eres tú? ¿Qué ocurre? —preguntó Antón al reconocer al señor Carmona—. ¡Pasad, rápido! ¡Estáis empapados!

Los dos entraron en la casa. Cale temblaba de frío. ¡Estaba completamente empapado! Sin embargo, no quería decir nada para que no pensaran que era demasiado pequeño para estar ahí. Se acercaron a la chimenea y Antón les pasó unas mantas para secarse.

El señor Carmona fue directo al asunto.

—Cale me ha contado lo que está pasando —dijo—. ¿Tienes idea de dónde está la banda? ¿Cuántos huevos de dragón faltan exactamente y cuánto tiempo nos queda para recuperarlos?

Antón se tocó la barba. Se preguntaba si Nuño Carmona estaría decepcionado con él por haber involucrado a su hijo y sus amigos. Se sentía culpable por haber puesto a los chicos en peligro, aunque sabía que sin su ayuda no podría haber recuperado las seis crías que tenían ahora. Esos muchachos eran realmente valientes ¡y muy listos!

—Esta semana estuve explorando con mis hombres los posibles escondites —explicó—. En algún momento se debieron de esconder en las cuevas del Troll, pero ahí ya solo quedan sus restos de comida y poco más. Estoy convencido de que no están en ningún lugar del pueblo. Los habríamos encontrado. Todavía tienen dos huevos de dragón: uno de hielo, que debe estar siempre a temperaturas bajo cero, y otro de viento, que es algo más resistente, pero si no está expuesto a las corrientes, podría dañarse —explicó Antón.

—¿Y el chico ese que está ahí arriba? ¿Has conseguido sacarle alguna información? —preguntó el señor Carmona.

—¿Mofeta? ¡No! Ese muchacho está lleno de odio y no hay manera de que diga ni una palabra —admitió Antón.

—Eso ya lo veremos —dijo el señor Carmona, y sin pensarlo dos veces, subió la escalera dando grandes zancadas. Cale y Antón fueron detrás.

El alcalde abrió la cerradura de la habitación, se metió dentro y retronó:

—¡Levántate inmediatamente!

Mofeta no esperaba una visita tan repentina. Durante un segundo pareció dudar pero, al ver cómo se acercaba aquel hombre fornido con cara de pocos amigos, se puso de pie.

—Escúchame bien —dijo el alcalde

agarrándolo por la camisa—. No estoy
para juegos y no tengo ganas de perder
el tiempo. Ahora mismo me vas a decir
dónde están tus colegas o tú y yo vamos
a salir a dar un paseo que no olvidarás
el resto de tu vida. ¿Entendido? Vamos,
larga lo que sepas.

Soltó la camisa de Mofeta y el chico
se cayó hacia atrás. Estaba muy asustado. Era evidente que las amenazas del

alcalde iban en serio. Empezó a temblar, bajó la cabeza y susurró:

—Las Montañas Glaciares…, ahí están.

Sin contestar, el señor Carmona dio media vuelta y salió de la habitación seguido de Cale y Antón.

Antes de que desaparecieran, Mofeta los llamó.

—Me matarán por habéroslo contado —dijo.

El alcalde lo miró y siguió sin decir una palabra. Después bajó al salón y se sentó frente a la lumbre con Antón y Cale.

Cale sabía que Mofeta estaba realmente asustado. Sin embargo, su padre nunca le habría hecho daño ni permitiría que nadie lo matara.

—¿Y ahora qué vamos a hacer? —preguntó Cale, que hasta ese momento no había abierto la boca.

—Iremos a buscarlos —contestó su padre con decisión—. Mañana a primera hora nos pondremos en camino. Antón, prepara un par de dragones extra para que nos acompañen. En uno de ellos irá ese chico apestoso, aunque nos aseguraremos de que esté bien vigilado. Necesitamos dos hombres de confianza. Mi mujer, Clara, se quedará en la dragonería con Casi, para que todo siga en orden aquí. Mi hija Nerea se hará cargo del castillo. Necesitaremos ropa de abrigo, víveres, mantas y armas.

—Perfecto. Estará todo listo antes de que salga el sol —contestó Antón—. Tengo dos personas de plena confianza. ¿Quieres que avise a alguien más para que nos acompañe?

Cale aguantó la respiración al oír la pregunta del dragonero. ¡Él también quería ir con sus amigos! ¡No podían dejarlos atrás!

¿Conseguiría convencer a su padre o todavía lo vería como a un niño? ¡Habían demostrado que podían hacerlo!

El señor Carmona se quedó pensando. Por fin, miró a su hijo y, sin darle tiempo a que preguntara nada, dijo:

—Cale, tú y tus amigos os habéis portado como unos irresponsables. Habéis puesto vuestra vida en peligro, y nunca me perdonaría si os pasara algo.

Cale se enderezó en su silla para parecer mayor.

—Sí, papá, pero nosotros…

—Por otro lado —lo cortó su padre levantando un dedo para que no volviera a interrumpirlo—, sois los únicos que habéis visto a la banda. Los conocéis bien y me habéis demostrado que puedo contar con vosotros. En el pueblo nadie sabe nada, y es mejor que siga así. He tomado una decisión: Arco, Mayo y tú podréis venir. Mañana hablaré con sus padres. ¡Pero tenéis que obedecer todas mis órdenes sin rechistar! ¿Entendido?

—¡Por supuesto! ¡Te prometo que no te arrepentirás! —contestó Cale feliz. Le hubiera gustado dar gritos de alegría y saltar por toda la habitación…, pero eso era algo que haría un niño pequeño, y tenía que demostrar que él era mayor.

—Pues volvamos al castillo. Debemos prepararnos —contestó su padre.

A la mañana siguiente, el grupo de expedición ya se había reunido en la dragonería antes del amanecer. Casi estaba feliz de poder quedarse a cuidar a las crías de dragón. ¡Les había cogido tanto cariño!… Mayo estaba atenta a las órdenes del alcalde y comprobaba que todo estuviera bien guardado en las alforjas de su dragona y la montura bien colocada. Arco, en fin… Arco seguía siendo el de siempre. ¡Estaban a punto de comenzar una nueva aventura y no conseguía contener su emoción! Se dedicaba a dar vueltas con su dragón, Flecha, por el aire. Subían muy alto, hacían una pirueta y después bajaban en picado hasta el suelo para volver a subir.

Antón se cansó de tanto revoloteo y lo reprendió:

—¡Arco! ¡Deja de hacer tonterías y ven a ayudar! Esa no es manera de tratar a tu dragón antes de un viaje.

—Ah, sí, claro —dijo Arco obede-

ciendo al dragonero y tomando tierra—. ¿Qué hay que hacer?

Mayo puso los ojos en blanco. Si fuera por Arco, se irían con lo puesto a las montañas y morirían de frío y de hambre.

A Mofeta lo habían subido a un pequeño dragón, que a su vez estaba amarrado al gran dragón bicéfalo de Antón. Les había costado mucho trabajo subirlo porque el chico se retorcía y gritaba. Insistía en que si lo veían los de la banda, acabarían con él. El padre de Cale le dio su palabra de que no iba a permitir que nadie le pusiera la mano encima. Aun así, Mofeta seguía muy asustado. Sabía perfectamente lo crueles y malvados que eran los cabecillas de la banda.

Con Antón había dos hombres con pinta de guerreros que Cale no reconocía. Eran robustos y llevaban sus dragones cargados de armas. El chico se imaginó que debían de ser de otro pueblo, ya que en el suyo no había guerreros.

Cale también estaba preparado. Habían llenado el mondramóvil con todos los víveres y herramientas, y apenas tenía sitio para meterse, aunque tendría que arreglárselas como pudiera. Esperaba que a Mondragó no lo afectara demasiado una carga tan pesada y pudiera avanzar a buena velocidad.

El señor Carmona hizo una última inspección y, una vez satisfecho, dio la orden de ponerse en marcha:

—¡Adelante!

¡Empezaba la aventura más peligrosa que se pudieran imaginar!

CAPÍTULO 4
EMPIEZAN
LOS PROBLEMAS

El grupo se puso en camino, con ocho dragones por el aire seguidos por tierra por el mondramóvil. Cale tenía un mapa donde habían trazado la ruta que iban a seguir por si se quedaba atrás. Para comunicarse, llevaban sus palomas mensajeras, que solo usarían en caso de emergencia.

Cale miró la expedición con orgullo. Se sentía emocionado de ser parte de ella, aunque también estaba algo inquie-

to. ¿A qué nuevos peligros se enfrentarían? ¿Conseguirían llegar a tiempo y recuperar las crías de dragón? ¿Podría Mondragó seguir el ritmo?

Observó a su dragón. Mondragó tiraba del mondramóvil a buen paso y, por primera vez en su vida, no se distraía con las ardillas ni intentaba perseguir conejos.

—¡Vamos, Mondragó! ¡No los pierdas de vista! —lo animaba Cale agitando las riendas.

Continuaron la marcha durante horas, sin detenerse a descansar. Cuando el sol empezaba a bajar en el cielo, ya habían dejado muy lejos el pueblo de Samaradó, y en la distancia se podía ver la silueta de las Montañas Glaciares que se extendían en el horizonte.

En ese momento atravesaban una zona de acantilados con caminos estrechos por los que el mondramóvil apenas podía pasar. Cale intentaba no mirar hacia el gran precipicio que tenía a su izquierda, y esperaba que Mondragó no diera un paso en falso y ambos cayeran al abismo.

Y entonces sucedió algo inesperado…

Mofeta, que hasta ese momento se había mantenido en silencio, sentado en la montura del dragón que habían atado al de Antón, ¡saltó de la montura y se lanzó al vacío! El dragón en el que estaba montado iba el último, y nadie, excepto Cale, se percató de lo que acababa de suceder.

—¡NOOOOOOOOO! —gritó Cale al ver cómo el chico descendía a toda velocidad.

Al oír el grito, su padre y el resto del grupo se dieron la vuelta para ver qué estaba pasando.

Mofeta descendía cada vez más rápido. ¡Pronto se estrellaría contra el suelo!

Mayo fue la primera en reaccionar. Tiró de las riendas de su dragona, Bruma, y la hizo volar hacia Mofeta.

Pero era una situación demasiado peligrosa. Mofeta caía cerca de la pared de piedra del acantilado, y la dragona

de Mayo no podía acercarse tanto con las alas extendidas.

¡No podrían salvarlo!

Mofeta parecía haber perdido el conocimiento, y sus brazos y piernas se movían de lado a lado como si fuera un muñeco sin vida. Se golpeaba en la pared y rebotaba hacia afuera. El ruido de los golpes era escalofriante.

¡PLAF, PLAF!

¿Estaría muerto?

Cale observaba la situación desde el camino del acantilado, incapaz de hacer nada para ayudar. Su padre, Antón y los dos hombres que iban con él volaban cerca del chico, pero sus dragones no tenían la agilidad suficiente para rescatarlo.

De pronto, se oyó un grito:

—¡ARCO AL RESCATE!

Arco se agarró con fuerza a las riendas e hizo que su dragón, Flecha, bajara en picado hacia el suelo del acantilado.

«¿Qué hace? ¡Mofeta está mucho más arriba!», se preguntó Cale.

Cuando Arco estaba a punto de chocar contra el suelo, tiró de las riendas para que Flecha se elevara y se mantuviera en el aire, ¡justo debajo de Mofeta!

«¡Se va a caer encima de él!», pensó Cale.

—¡Arco, ten mucho cuidado! ¡Te va a aplastar! —gritó Mayo desde arriba.

Un segundo, dos, tres…

¡PLAF!

Mofeta cayó sobre Arco golpeándolo con el peso de su cuerpo. Flecha se tambaleó y estuvo a punto de caer, pero, por suerte, consiguió aguantar el golpe.

—¡Saco de patatas a salvo! —gritó Arco triunfante.

Después, con mucho esfuerzo, Arco hizo que Flecha ascendiera hasta la cima del acantilado y tomara tierra en una amplia plataforma de piedra que sobresalía de la pared. El chico se bajó de su dragón y puso a Mofeta en el suelo.

Mayo, el alcalde, Antón y sus hombres volaron hacia allí, y una vez que aterrizaron, acudieron a ver a los dos chicos.

—¿Está bien? —preguntó Antón mientras el alcalde examinaba a Mofeta.

Mofeta tenía los ojos cerrados y respiraba con dificultad.

—Sí, parece que solo está inconsciente. Tiene alguna magulladura, pero nada grave —contestó el señor Carmona. Después miró a su alrededor y un poco más lejos vio una pequeña pradera donde podrían montar un campamento—. Será mejor que lo llevemos allí hasta que vuelva en sí; nosotros aprovecharemos para descansar. A partir de ahora, este chico irá conmigo en mi dragón. No podemos quitarle la vista de encima ni un segundo.

Cale llegó con el mondramóvil, y entre todos buscaron leña para hacer una hoguera y entrar en calor.

«Mofeta tiene tanto miedo de la banda de ladrones que está dispuesto a lanzarse al vacío», pensó Cale con un escalofrío.

Debían estar muy atentos, mucho más que antes.

CAPÍTULO 5
LA GRAN VENTISCA

—¡**C**ale, despierta! ¡Tenemos que ponernos en camino! —dijo Mayo zarandeando al chico, que se había quedado profundamente dormido delante de la fogata en la que todavía ardían las brasas.

Cale se frotó los ojos y miró a su alrededor. Por unos instantes no sabía dónde estaba, pero en cuanto vio a todo el grupo de la expedición, que ya se había levantado y se preparaba para continuar, el muchacho se puso de pie rápidamente y buscó a Mondragó. Su joven dragón roncaba panza arriba junto a un árbol. Mientras se acercaba a levantarlo, le preguntó a Mayo:

—¿Cómo está Mofeta?

—Bastante mejor, aunque, desde luego, no parece demasiado contento. ¡Míralo! —contestó la chica señalando con la barbilla al dragón del alcalde.

Mofeta estaba sentado en la montura del imponente Kudo, delante del alcalde, que estaba dando una vuelta de inspección alrededor del campamento para asegurarse de que no dejaban nada atrás. El muchacho parecía haberse recuperado de la caída, aunque seguía pálido y miraba hacia el suelo con cara de preocupación.

—¿Crees que realmente acabarían con él? —preguntó Cale.

—No me cabe ninguna duda —contestó Mayo—. Tenemos que tener mucho cuidado. El profesor Trabuco y Murda son capaces de cualquier cosa.

—¿Tienes miedo? —preguntó Cale.

—La verdad es que un poco, sí —reconoció Mayo, que a su vez preguntó—: ¿y tú?

—Yo también, pero estamos juntos y nos protegeremos los unos a los otros —dijo Cale intentando levantar la moral—. Venga, tenemos que darnos prisa. Los demás ya están preparados.

Cale se acercó a Mondragó, y después de despertarlo, lo amarró al mondramóvil. Todavía no había amanecido y notó que la temperatura había bajado mucho. Antes de subir al carromato, el chico se arropó con un grueso abrigo de pieles.

—¿Estamos listos? —preguntó el alcalde Carmona.

—Aquí estamos todos listos —contestó Antón.

—Aquí también —contestaron Cale y Mayo a la vez.

¿Y Arco? ¿Dónde se había metido?

Cale vio que su amigo seguía junto a la hoguera y estaba comiendo los restos de carne que habían asado la noche anterior.

—¡ARCO! —le gritó.

Arco levantó la mirada y se metió otro trozo de carne en la boca.

—Ah, sí, voy. Es que me daba pena desperdiciar esto… —contestó con la boca llena. Se subió a Flecha de un salto y le dio un toque de talones para que alzara el vuelo. El dragón agitó las alas y salió disparado.

—¿Adónde demonios vas? —retronó el alcalde irritado—. ¡Vuelve inmediatamente y no te separes del grupo!

Arco hizo girar a Flecha y regresó con el resto.

—Ya, ya, tranqui, que solo estábamos calentando un poco —contestó.

El señor Carmona negó con la cabeza, desesperado por la inmadurez del chico. Después se irguió en su silla, agitó las riendas y por fin dio la orden para salir.

—¡En marcha! —gritó.

Los dragones se elevaron en el aire en dirección a las Montañas Glaciares mientras el sol empezaba a asomarse por el horizonte. Les quedaban unas cuantas horas de camino y sabían que debían llegar a su objetivo antes del anochecer. La pregunta era si una vez que llegaran, encontrarían a la banda de dragones esperándolos.

—¡Síguelos, Mondragó! —ordenó Cale animando a su dragón.

Cuando llevaban un par de horas de viaje se empezó a levantar una gran ventisca. El aire se llenó de nieve y apenas se podía ver nada. El ruido del vien-

to era ensordecedor y a Cale se le clava-
ba el frío en los huesos. Notó que Mondragó había aminorado la marcha y le
costaba avanzar por la nieve que ahora
cubría el suelo. El camino estaba lleno

de piedras, y su dragón no las veía y tropezaba. En más de una ocasión, el mondramóvil estuvo a punto de volcar.

Cale divisó una amplia explanada. Seguramente era una gran pradera cubierta de nieve. Pensó que a su dragón le resultaría más fácil ir por ahí, aunque eso suponía salirse del camino que habían trazado en el mapa. Sin embargo, su seguridad era lo más importante, y el camino se había hecho infranqueable. Tiró de las riendas y Mondragó giró a la izquierda. En cuanto entraron en la gran pradera, notó que la nieve ahí no se acumulaba tanto como en otros lugares, aunque el suelo parecía resbaladizo y hacía que Mondragó patinara.

—¡Vamos, muchacho! ¡Tú puedes! —lo animaba Cale.

El viento cada vez soplaba con más fuerza y la nieve se le metía a Cale en los ojos. El muchacho miró hacia el cielo para buscar a su padre y al resto del grupo e informarlos de que estaba bien.

Pero no vio nada.

Una nube blanca y helada lo rodeaba y lo atrapaba entre sus brazos.

—¡Papá! —gritó.

No hubo respuesta.

—¡Mayo! ¡Arco! ¡Antón!

Nada.

Se había quedado solo.

Pensó en sacar el mapa, pero era inútil. Con tan poca visibilidad no sería capaz de ver ningún punto para orientarse.

—¡PAPÁ! —volvió a gritar. A Cale le castañeaban los dientes del frío y le temblaban las piernas, ya no solo por las bajas temperaturas, sino también por el miedo.

¡Estaba perdido y no tenía manera de comunicarse con el resto! Su paloma mensajera no conseguiría volar en esas condiciones.

De pronto, entre el silbido del viento se oyó un horrible crujido.

¡CRAAAAAAAAC!

Cale miró al suelo y se quedó sin respiración al darse cuenta de lo que estaba pasando.

No estaban en una pradera. ¡Se encontraban en medio de un lago helado! ¡Y el hielo se estaba agrietando!

¡CRAAAAAAC!

La grieta se hizo más grande y pasó por debajo del mondramóvil como una serpiente venenosa.

—¡NO! —gritó Cale agitando las riendas desesperadamente—. ¡Muévete, Mondragó! ¡Avanza!

Demasiado tarde. El hielo cedió bajo el peso del dragón. Pronto acabarían sumergidos en el agua helada.

—¡NOOOOOOOOOO!

CAPÍTULO 6
EMBOSCADA EN LA NIEVE

Mientras tanto, el resto del grupo también pasaba verdaderos apuros.

—¡No veo nada! —protestó Arco mientras se protegía los ojos de las ráfagas de viento.

—Yo tampoco —contestó Mayo, que volaba a su lado—. ¡Las alas de Bruma se están cubriendo de hielo y apenas puede volar! No va a resistir mucho más.

Como si hubiera oído sus palabras, se

oyó la orden del alcalde entre el rugido de la ventisca:

—¡Todos a tierra! ¡Que nadie se pierda de vista!

Sin embargo, cuando se disponían a descender, unas inmensas bolas de hielo empezaron a golpearlos con gran fuerza. Algunas se estrellaban contra las patas y la barriga de sus dragones, haciendo que estos gimieran y dejaran de aletear. Otras les pasaban rozando a toda velocidad. Era como una lluvia de granizo gigante, pero en lugar de caer del cielo, parecía que venía del suelo.

—¡Qué demonios! —gritó Arco manejando ágilmente las riendas de su dragón para intentar esquivarlas—. ¿Desde cuándo nieva hacia arriba?

Antón respondió a su pregunta al percatarse de lo que estaba pasando.

—¡NOS ESTÁN ATACANDO! —exclamó el dragonero.

¡Era una emboscada! ¡Alguien les lanzaba proyectiles de hielo desde el suelo! Pero ¿quién? Arco intentó distinguir a sus enemigos entre la nieve, pero lo único que veía era una inmensa masa blanca y borrosa.

¡PLAF!

Una bola de hielo le dio a Mayo en el hombro y sacó a la chica de la montura. Por suerte, consiguió agarrarse de los estribos antes de caer.

Arco se acercó para ayudarla a subir de nuevo.

—¿Estás bien? —le preguntó una vez que Mayo consiguió sentarse de nuevo en la silla.

—Creo que sí —dijo Mayo frotándose el hombro dolorido.

¡PLAF!

Otro proyectil golpeó a uno de los hombres de Antón en la cara dejándolo aturdido. El hombre soltó las riendas y su dragón empezó a dar vueltas sin control.

¡PLAF, PLAF, PLAF!

El ataque era cada vez más intenso, y los proyectiles estaban dejando malparados a los animales, que a duras penas lograban mantenerse en el aire. Arco y Mayo sabían que no podían hacer que subieran más porque la ventisca seguía soplando con fuerza, y tampoco podían avanzar porque sus dragones tenían las alas heladas.

¡Iban a acabar con ellos!

El señor Carmona decidió tomar cartas en el asunto. ¡No pensaba quedarse ahí sin hacer nada! Desenvainó una espada que llevaba en las alforjas de su dragón, la levantó en el aire y gritó:

—¡Preparaos! ¡Vamos a ir a por ellos!

—¿A por quién? —preguntó Arco, que a pesar de lo mucho que le gustaban las aventuras no entendía muy bien la estrategia del alcalde—. ¡Ahí abajo no se ve a nadie!

—¡Pues tendremos que bajar y encontrarlos! —contestó Mayo, lista para defenderse—. ¡Vamos!

El alcalde hizo una señal para que los ocho dragones se juntaran en el aire. Rápidamente les explicó a todos su estrategia, y en cuanto bajó el brazo para dar la señal, todos descendieron en picado hacia sus invisibles adversarios.

¡ZUUUUUUUUUUUUUM!

En ese instante, la lluvia de bolas de hielo cesó. Los enemigos se habían dado cuenta de que los iban a atacar y corrieron a esconderse entre los montículos de nieve.

Los dragones bajaban a toda velocidad y sus jinetes se mantenían con el cuerpo pegado a su lomo y se sujetaban con fuerza a la silla.

Arco intentó calcular cuánto les faltaba para llegar al suelo, ¡pero era imposible! La manta de nieve blanca se fundía con la nube que los rodeaba haciendo que el paisaje perdiera su relieve.

—¡Mayo! —gritó—. ¿Tú ves…?

¡CATAPLAM!

No consiguió terminar la frase. ¡Arco se había estrellado contra una gran pared de nieve blanda!

¡PLAM, PLAM!

El resto del grupo corrió la misma suerte. Uno detrás de otro, acabaron chocando contra el montículo blanco.

Los dragones estaban incrustados en la nieve y sus jinetes en el suelo, aturdidos, preguntándose qué había pasado. ¿De dónde había salido esa pared? Era imposible que se formara algo así de manera natural. ¡Tenía que ser una trampa que habían puesto sus contrincantes para que chocaran con ella!

Arco se apartó la nieve de la cara y empezó a cavar desesperadamente con las manos para sacar a su dragón, que estaba enterrado en la nieve. Oyó los gruñidos de Mayo a su lado y los gemidos de Mofeta, que había acabado debajo del alcalde y ambos intentaban recuperarse del golpe.

Antón y sus hombres yacían en el suelo y respiraban con fuerza mientras sus dragones rugían asustados intentando salir de la pared.

Se ayudaron unos a otros a ponerse en pie, y cuando comprobaron que ninguno estaba herido y se disponían a buscar un lugar donde refugiarse, les esperaba otra sorpresa…

Una inmensa red bajó del aire ¡y los envolvió a todos como una telaraña gigante!

—¿Qué está pasando? —preguntó Arco tratando de apartarse la cuerda del cuerpo.

La red se tensó y los juntó a todos sin que pudieran moverse.

¡Estaban atrapados!

CAPÍTULO 7
EL LAGO HELADO

Cale apretó los puños y se preparó para caer en las aguas heladas del lago. La grieta se abría cada vez más por debajo de ellos y el chico no podía hacer nada para evitarlo. Mondragó y él morirían congelados. Una sensación de pavor y de rabia le corría por las venas. En su mente aparecieron las escenas más importantes de su vida: su familia, sus amigos, el colegio… ¿Por qué había sido tan tonto y se había salido del camino?

¡CRAAAAAAAC!

El hielo crujió y el mondramóvil comenzó a hundirse lentamente. Mondragó luchaba por mantenerse a flote y arañaba los bordes del hielo sin poder agarrarse.

—¡Perdóname, Mondragó! —suplicó Cale con lágrimas en los ojos mientras sentía el agua congelada que le llegaba a los tobillos. Miró hacia el cielo y gritó una última vez—. ¡Papá! ¡Ayúdame!

Era inútil. A pesar de que la ventisca había amainado, a su alrededor no se veía más que un paisaje blanco e inhóspito. Cale se puso de pie sobre el borde del mondramóvil y se lanzó al lomo de Mondragó para abrazarlo. Sabía que no debía subirse encima de él, pero quería compartir con su dragón los últimos minutos que les quedaban juntos.

Y de pronto…

¡PLOP!

Las ruedas del mondramóvil se quedaron atascadas en el hielo y dejaron de descender. A Mondragó le llegaba el agua por la rodilla y temblaba de frío. ¡Pero no se habían hundido! ¡Estaban en una parte del lago que no era profunda!

Aliviado, Cale intentó idear un plan. Tenían que salir de ahí y regresar a tierra firme, pero ¿cómo? Sería muy difícil atravesar la gruesa capa de hielo, a no ser que…

—Tranquilo, muchacho, se me ha ocurrido una idea —le dijo a su dragón. Cale regresó al mondramóvil de un salto y buscó entre el equipaje algo que lo pudiera ayudar. Vio a su paloma mensajera escondida entre los sacos.

«¡Perfecto!», pensó.

Se acercó a la paloma y la sujetó entre sus manos cuidadosamente.

—Siento tener que hacer esto, pero no me queda otro remedio —le explicó mientras le arrancaba una pluma de la cola. La paloma se estremeció y voló de nuevo a los sacos.

Con la pluma en la mano, Cale sacó unas mantas para abrigar a su dragón, que seguía tiritando, y se puso delante de él, encima del hielo.

—¡Tú nos vas a sacar de aquí! —le explicó.

Cale acercó la pluma a la nariz de Mondragó y empezó a hacerle cosquillas. Su dragón retiró la cabeza. ¡No era momento de juegos! Pero Cale insistió. Por fin, Mondragó echó la cabeza hacia atrás y…

¡¡ACHÍS!!

Bajó la cabeza y lanzó una bola de fuego que consiguió derretir el hielo que tenía alrededor de las patas.

—¡Funciona! —gritó Cale.

Poco a poco, estornudo a estornudo, se fueron abriendo camino por el lago

helado hasta llegar a la orilla. Con un último esfuerzo, Cale tiró del collar de Mondragó y ambos subieron a tierra firme.

—¡Lo has conseguido! —exclamó el chico abrazando a su dragón—. Ahora tenemos que buscar al resto del grupo.

Mondragó movió la cola orgulloso. No sabía muy bien lo que había pasado, pero si su dueño estaba contento, él también lo estaba.

Cale miró a su alrededor. A lo lejos le pareció distinguir una pequeña loma blanca de paredes lisas y perfectamente redondeada, ¿o era un edificio? ¡Tenían que ir a investigar!

Todavía temblando y envueltos en las mantas y la ropa que Cale había sacado del mondramóvil, comenzaron a avanzar sobre la nieve blanda. Debían ir con cuidado, ya no solo porque podían caer de nuevo en un lago o un río, sino porque además no sabían si alguien estaría al acecho observándolos.

Cuando llegaron a unos metros de la colina, Cale confirmó sus sospechas: aquella loma era una especie de iglú gigante. ¡Seguro que alguien vivía dentro! ¿Sería la banda de dragones o algún grupo inofensivo de montañeros?

Una vez más, estudió el paisaje. Tenía que esconder a Mondragó y acercarse a investigar él solo. Esta vez no pensaba ponerlo en peligro.

Un poco más lejos vio varios montones de nieve, que seguramente dejaron ahí las personas que habían construido el iglú. Eran lo suficientemente grandes para esconder a su dragón. Cale tiró de las riendas y lo llevó hasta allí.

—Mondragó, necesito que obedezcas. Por favor, quédate aquí y no te muevas —le dijo dándole una buena ración de comida de dragón que había encontrado en un saco.

El dragón estaba muerto de frío y, como si hubiera entendido sus palabras, se comió el pienso ansiosamente y después se tumbó acurrucado. Cerró los ojos y se quedó dormido. Necesitaba un buen descanso. Cale lo cubrió bien con las mantas y le dijo al oído:

—Eres el mejor dragón del mundo.

Antes de acercarse al iglú, Cale buscó en el mondramóvil algo que le sirviera de arma. Lo único que encontró fue unos cuchillos medio oxidados.

«Es mejor que nada», pensó guardándolos en su cincho mientras se acercaba al extraño refugio.

El iglú no parecía estar vigilado por nadie. La entrada estaba desbloqueada y dentro se oían unas voces.

Cale apretó la espalda contra la pared y avanzó sigilosamente. Al fondo distinguió a un grupo de personas que, al igual que él, estaban enfundados en gruesos abrigos de pieles. El chico se cubrió la cara con el suyo y decidió acercarse al grupo.

Sus peores sospechas estaban a punto de hacerse realidad.

CAPÍTULO 8
EL PERVERSO PLAN DE MURDA
Y EL PROFESOR TRABUCO

Cale se metió entre el grupo de personas que se aglomeraba en el iglú. Los observó discretamente. Eran chicos jóvenes como él. Algunos llevaban armas rudimentarias, como palos, rastrillos oxidados y bolas de pinchos. ¡Era la banda de ladrones! Le pareció reconocer a algunos que había visto en el castillo de Wickenburg, como la chica alta que intentó impedirles el paso cuando se escaparon del castillo.

Avanzó un poco y, sin darse cuenta, tropezó con un bulto. Inmediatamente oyó un gemido y notó algo que le mordía el tobillo.

—¡Ay! —exclamó Cale frotándose la pierna. Cuando miró hacia abajo para ver qué había pasado, se quedó con la boca abierta. ¡Eran dos crías de dragón! Las llevaban unos chicos atadas a unas correas de cuerda.

—¡Oye, torpe! ¡Mira por dónde pisas! —espetó uno de los chicos tomando a la cría en sus brazos. El otro hizo lo mismo.

—Perdón —contestó Cale sin apartar la vista del animal.

Uno de los dragoncitos era blanco como la nieve. Tenía dos colas, las alas muy grandes y unos ojos enormes de un color azul intenso. El animal se acurrucó en los brazos del muchacho e intentó esconderse bajo su abrigo de pieles. El otro

tenía rayas y unos dientes muy afilados.
Sus alas eran estilizadas y las movía con
gran agilidad. ¡Seguramente era el que
lo había mordido! La cría se retorcía e
intentaba bajar al suelo, pero el muchacho la sujetaba con fuerza para que no se
escapara.

Cale acercó una mano para acariciar al dragón blanco. El chico que la tenía en sus brazos sonrió y se la acercó para que pudiera tocarla.

—Esta es una mimosa y siempre tiene hambre —dijo—. Bueno, como todos nosotros… —añadió mirando hacia el suelo.

Cale observó al muchacho. Estaba flaco y sucio y parecía muy cansado, pero en sus ojos había un brillo de compasión. Sintió lástima por él. A lo mejor no todos eran tan perversos como parecían.

«Tengo que ayudarlos a salir de aquí —pensó Cale—, pero ¿cómo?»

Cale se puso de puntillas para estudiar el lugar y ver qué miraban todos con tanta atención. En ese momento, casi se le para el corazón.

¡No! ¡Era imposible! ¿Cómo podían haberlos capturado?

Allí, envueltos en una red gigantesca, estaban atrapados Mayo y Arco, su padre, Antón y sus dos hombres. El alcalde intentaba ponerse de pie, pero cada vez que lo hacía, alguien tensaba la red y los apretaba más unos contra otros. Entre ellos también se encontraba Mofeta. ¡Ya no lo debían de considerar parte de la banda de ladrones!

—¡Suéltanos! —gritaba el señor Carmona—. ¡No te saldrás con la tuya!

Un chico se acercó con un palo y golpeó al padre de Cale en el estómago.

—Silencio y un poco más de respeto —dijo.

El alcalde soltó un gemido y se quedó doblado con las manos en la barriga.

Cale apretó los puños de rabia. ¡Tenía que hacer algo!

De pronto, se oyó una voz:

—Pero, bueno, pero, bueno… Mira a quién tenemos aquí. Si es el dragonero

Antón, que lo que tiene de grande lo tiene de tonto…

¡Cale reconoció esa voz inmediatamente! ¡Era el profesor Trabuco! Observó que en su mano sujetaba una espada afilada y brillante.

—Tenías que meter las narices donde nadie te llamaba —continuó Trabuco apuntando al dragonero con la espada—. Y tú…, Carmona, ¡eres el alcalde más inútil del mundo! No te enteras de nada.

Trabuco soltó una carcajada y todos los chicos se rieron con él. Sus risas retumbaban en las paredes del iglú y a Cale lo enfurecían cada vez más.

—Ya va siendo hora de que acabemos con ellos de una vez por todas —dijo la persona que estaba al lado de Trabuco.

No podía ser otro más que Murda, el perverso hijo del exalcalde Wickenburg.

—¡Al hoyo! —ordenó Murda levantando un brazo.

—¡HO-YO, HO-YO, HO-YO! —repitieron los chicos al unísono.

Cale volvió a mirar al chico que tenía el dragón en sus manos. Él no gritaba ni levantaba el puño: se limitaba a proteger a la cría y a escuchar en silencio.

«No todos son iguales», pensó.

—¡UN MOMENTO! —retronó Trabuco—. ¡AQUÍ EL ÚNICO QUE DA LAS ÓRDENES SOY YO!

En el iglú se hizo el silencio y Trabuco comenzó a andar de un lado a otro frotándose la barbilla.

Después de un rato interminable, miró al grupo que se hallaba bajo la red, sonrió mostrando una fila de dientes torcidos, y levantando su espada, dio la orden:

—¡A LA HOGUERA! Así entraremos todos en calor —bufó.

—¡Eso, eso, a la hoguera! —repitió Murda.

Por un momento, nadie se movió. ¡Cale tenía que ponerse en acción!

Sabía que era imposible enfrentarse a todos. Eran muchos y lo atraparían como al resto sin ningún problema.

Entonces… ¿qué podía hacer? ¿QUÉ?

De pronto se le ocurrió una idea. Era muy arriesgada y probablemente no funcionaría, ¡pero debía intentarlo!

Sin pensarlo dos veces, se abrió paso entre la multitud, y armándose de valor, levantó la barbilla desafiante y gritó:

—¡NO!

Nadie se esperaba que alguien contradijera las órdenes del profesor. Sintió que todas las miradas se clavaban en él y oyó algunos murmullos que se preguntaban quién era.

Desde la red, Arco fue el primero en reconocer a su amigo.

—¡Cale! —gritó.

—¡Vete de aquí! —le dijo su padre.

—¡Busca a los dragones y escápate! —gritó Antón.

Pero Cale no pensaba irse a ningún sitio. Tenía un plan. Se quedó plantado en el suelo con los brazos cruzados.

El profesor Trabuco dio media vuelta, le clavó la mirada y se acercó dando grandes zancadas.

—¿Qué has dicho? —preguntó.

—He dicho que NO —repitió Cale, intentando que no se notara que le temblaban las piernas.

Murda también se acercó al muchacho.

—Vaya, vaya, aquí está el que faltaba… Cale Carmona, el dueño del dragón más estúpido del pueblo —dijo dándole golpecitos en el pecho con el dedo.

Cale apretó los dientes. ¡Cómo le gustaría darle un buen puñetazo en la cara al matón de Murda! Pero se contuvo y siguió desafiante, sin retroceder ni un solo centímetro.

Trabuco no estaba para conversaciones. Levantó de nuevo la espada y ordenó:

—¡Meted a este también en la hoguera!

Dos chicos que estaban al lado de Cale lo agarraron por los brazos mientras otro preparaba una soga gruesa para atarlo.

Cale estaba rígido y miraba a Trabuco con cara de furia.

¡A él no lo asustaban sus amenazas!

El chico se armó de valor. Giró la cabeza para dirigirse al grupo de chicos que lo rodeaban.

«Espero que funcione», pensó.

Se aclaró la garganta y clavó los pies en el suelo para impedir que se lo llevaran.

—¡No lo escuchéis! —dijo—. ¡Os están usando a todos! Decidme, ¿desde cuándo no coméis? ¿Cuándo fue la última vez que dormisteis en un lugar cómodo y seguro? A Murda y a Trabuco no les importáis nada de nada. En cuanto consigan lo que quieren, acabarán con todos vosotros, igual que van a acabar con ellos. ¿Es que no os dais cuenta?

Los chicos se quedaron en silencio pensando en las palabras que acababa de pronunciar Cale. Era cierto. El plan maquiavélico de Murda y Trabuco no incluía ayudar a los chicos ni quedarse con ellos para siempre. Desde un principio los habían tratado a patadas y los habían matado de hambre. Les habían prometido muchas cosas que sabían que nunca cumplirían.

De pronto, una chica levantó un mazo y le pegó un buen golpe a Cale en la cabeza.

—¡Cierra la boca! —dijo.

El chico cayó al suelo medio inconsciente.

CAPÍTULO 9
LA SORPRESA DE MOFETA

A Cale le dolía la cabeza y estaba aturdido. Sintió que alguien le tiraba de los brazos para que se incorporara.

—¡Vamos, levántate! —ordenó el chico que se encontraba a su lado.

Cale veía todo borroso. Podía oír los murmullos de los chicos que esperaban las nuevas órdenes y las pisadas del profesor Trabuco, que resonaban en el suelo de hielo mientras se movía de un lado a otro con su espada, hecho una furia.

—¿A qué esperáis? ¡Metedlo en la red con los otros y preparad la hoguera! —retronó.

—Ya lo habéis oído —dijo Murda—. ¡Obedeced!

Los chicos arrastraron a Cale por el suelo, y cuando lo iban a meter con el resto, pasó algo realmente inesperado.

Mofeta, que hasta ese momento se había mantenido en silencio y escondido detrás del alcalde, se abrió paso, y asomándose entre las cuerdas de la red, gritó:

—Cale tiene razón.

Una vez más se hizo el silencio en el iglú.

—¡Silencio! —gritó Murda dándole una patada en la espinilla a Mofeta.

Mofeta soltó un grito de dolor, pero no estaba dispuesto a callarse. No. Ya no.

—¿Es que no tenéis hambre? ¿Es que no queréis ser libres? —continuó Mofeta—. Os puedo asegurar que esta gente me ha tratado mucho mejor en un día a como me han tratado estos dos salvajes en los últimos meses. Por primera vez en mucho tiempo he comido y me he podido bañar. ¡No tenéis que seguir aquí! ¡No los escuchéis! ¡Van a acabar con todos nosotros!

—He dicho que te calles —insistió Murda quitándole de las manos un garrote a uno de los chicos y atizándole en el pecho.

Mofeta se quedó sin respiración y el impacto casi lo hace vomitar.

¡Cale no podía creer lo que estaba oyendo! ¿Sería cierto que Mofeta se había dado cuenta de lo que estaba pasando? ¿Se habría reconvertido realmente o era un truco para engañarlos de nuevo?

La banda de ladrones seguía inmóvil. Nadie sabía cómo reaccionar.

—Escuchadme —dijo el señor Carmona—. Soy el alcalde de Samaradó y os doy mi palabra de que si os unís a nosotros, tendréis comida y refugio. En mi pueblo la gente vive en paz, y todos trabajan y reciben una buena educación. Prometo acogeros y daros la oportunidad de empezar una nueva vida, sea cual sea la circunstancia que os haya traído hasta aquí.

—¡Cierra la boca, Carmona, o serás el primero en probar el filo de mi espada! —lo amenazó Trabuco poniéndole la punta de la espada en la garganta—. ¡Y vosotros, obedeced o también acabaréis en la hoguera!

Entre la multitud salió el chico que llevaba a la cría blanca de dragón en sus brazos. El animal seguía escondido en su abrigo de pieles y temblaba asustado. Al verlo, Antón no pudo reprimir un grito de sorpresa.

—¡Una cría de dragón de hielo! —exclamó.

El chico avanzó un par de pasos y se dirigió a sus compañeros.

—¡Yo ya no aguanto más! No quiero seguir viviendo como un animal salvaje —dijo—. Hasta este pequeño dragón necesita comer y un buen lugar donde dormir. No me importa si acabo como estos —añadió señalando al grupo bajo la red—, pero no pienso seguir obedeciendo las órdenes del profesor y el canalla de Murda.

—¡A LA RED CON ÉL! —ordenó Trabuco enfurecido.

Y entonces, sucedió.

Uno a uno, todos los chicos de la banda se acercaron al que tenía a la cría de dragón.

—Yo tampoco aguanto más —dijo uno.

—Me quiero ir de aquí —añadió otra.

—¡Queremos comer! —exclamó un tercero.

Murda y Trabuco miraban con los ojos desorbitados. ¡Estaban perdiendo el control! ¡Su banda los estaba abandonando!

—¡ATRÁS! ¡TODOS ATRÁS! —amenazó Trabuco apuntando con su espa-

da. Después miró a Murda y le ordenó—. ¡Larguémonos de aquí!

Trabuco blandió la espada de lado a
lado para abrirse paso entre la multitud,
mientras Murda lo seguía de cerca.
Cuando llegaron al lado del chico que
tenía la otra cría de dragón, Murda se la
arrebató de las manos y, después, los
dos salieron a toda velocidad del iglú.

Cale notó que le habían soltado los
brazos e intentó salir corriendo detrás
de ellos, pero la voz de su padre lo detuvo.

—¡Déjalos, Cale! —dijo—. Ya nos encargaremos de ellos más adelante.
Ahora tenemos que salir de esta red y
comenzar el regreso a casa, donde estos
chicos podrán ser atendidos.

Cale obedeció a regañadientes. Quería
detenerlos y recuperar la cría de dragón.
¡No podían dejar que se escaparan así,
sin más! Sin embargo, su padre tenía

razón. Había mucho trabajo que hacer, y lo más importante era que todos estaban a salvo.

Entre varios muchachos les quitaron la red a su padre y a sus amigos.

—¡Cale! —dijo Mayo en cuanto se vio liberada y salió a abrazar a su amigo—. ¡Nos has salvado la vida! ¡Has estado genial!

Cale notó que se ponía rojo como un tomate.

—Hijo, estoy muy orgulloso de ti —dijo su padre poniéndole la mano en el hombro.

—¡Estás más loco que yo! —se rio Arco.

Cale se sentía orgulloso.

¡Su plan había funcionado!

Cale se acercó al chico que tenía la cría de dragón.

—Muchas gracias, has sido muy valiente —dijo.

—No, gracias a ti —contestó el muchacho mientras acariciaba al dragoncito blanco—. Si no hubieras dicho nada, nadie habría reaccionado y seguiríamos igual que antes.

—Hola, yo soy Mayo —se presentó la amiga de Cale extendiendo la mano

para estrecharsela—. ¿Cómo te lla-
mas?

—Pardiez —contestó.

—¿Pardiez? ¿Ese es un nombre de
verdad? ¿Cómo se les ocurrió a tus padres? Es muy chulo —preguntó Arco,
que se había acercado al grupo.

—La verdad es que no lo sé. A mis
padres nunca los conocí —contestó el
muchacho mirando hacia el suelo—.
Desde que tengo uso de razón estoy con
la banda, pero ni siquiera sé cómo aca-
bé con ellos.

Cale observó al muchacho. Por su
manera de hablar y por cómo trataba al
dragón, estaba convencido de que era
buena persona. De alguna manera, había acabado en el grupo de ladrones,
pero no era culpa suya. Con un poco de
suerte, conseguirían resolver todos esos
misterios algún día.

—Entonces, ¿cuándo vamos a comer? —preguntó una chica que estaba cerca.

—¡Eso! ¡Vamos a comer! —dijo Arco—. ¡Me suenan las tripas!

Cale recordó que en el mondramóvil todavía tenían los víveres para el viaje. Se acercó a su padre y le preguntó si debía ir a cogerlos.

—Sí, claro —contestó el alcalde—. Creo que todos nos merecemos una buena comida y un buen descanso. Esta noche dormiremos aquí y mañana a primera hora volveremos a casa.

Antón no tardó mucho en acercarse a ver a la cría de dragón. Le pidió al chico que se la pasara, y cogiéndola en sus brazos, sonrió.

—Formidable, sencillamente formidable —dijo el dragonero mientras la examinaba. Después miró a Cale—: ¿Has visto a nuestros dragones? ¿Sabes dónde los han metido?

¡Claro! ¡Los dragones! Cale esperaba que Trabuco y Murda no se los hubieran llevado.

—¡Voy ahora mismo a buscarlos! —exclamó.

—¿Te puedo acompañar? —preguntó Pardiez.

—Por supuesto, vamos. Mayo, Arco, vosotros también —dijo.

Los cuatro salieron disparados por el iglú, y nada más llegar a la puerta, se

encontraron una gran sorpresa. Allí estaba Mondragó con el mondramóvil. Detrás de él se encontraba el imponente dragón negro del alcalde, y a su lado, el resto de los dragones del grupo. ¡Mondragó los había encontrado y los había llevado hasta ellos!

—¡Mondragó! ¡Eres increíble! Ya sabía que no te ibas a quedar en tu sitio —dijo Cale abrazándolo. Se acercó al modramóvil y empezó a sacar los sacos de comida—. ¡Echadme una mano! —dijo.

Arco y Mayo se reunieron con sus respectivos dragones, y una vez que comprobaron que estaban bien, corrieron a ayudar a Cale.

—Oye, ¿y dónde están los otros dos dragones que habíamos traído? —preguntó Arco.

—¡Se los han debido de llevar Murda y Trabuco! —dijo Mayo.

—¡Pues vamos a buscarlos! —gritó Arco subiéndose a la montura de su dragón, Flecha.

—¡No, Arco, espera! —dijo Mayo—. Ya has oído lo que ha dicho el padre de Cale. De ellos nos encargaremos más tarde. ¡Ahora tenemos que comer!

—Ah, sí, es verdad... —contestó Arco—. Me siguen sonando las tripas...

Entre todos sacaron los sacos de comida del mondramóvil y llevaron los víveres al iglú.

Dentro estaban preparando una bue-

na fogata y en poco tiempo todos estaban disfrutando de un gran festín. Los chicos de la banda de ladrones parecían otras personas. Se reían, bromeaban y, por primera vez, ninguno se peleaba.

Cale observó la situación. Se sentía

totalmente feliz. Habían recuperado otra cría de dragón y ahora tenían a la banda de muchachos de su lado. Sabía que su misión no terminaría mientras Murda y Trabuco siguieran sueltos, pero, de momento, lo más importante era volver a casa y asegurarse de que sus nuevos amigos comenzaran una nueva vida.

Se levantó y se acercó a su dragón, que estaba tumbado panza arriba frente a la hoguera, rodeado de chicos y chicas adormilados y con la barriga llena. Cale acarició a su dragón.

—Gracias a ti lo hemos conseguido —dijo—. Sé que siempre puedo contar contigo.

TIPOS DE DRAGONES

Existen seis tipos de dragones diferentes. Antón, el dragonero, es el encargado de asignar cada dragón a su correspondiente dueño. Antes de hacerlo, analiza la personalidad de esa persona, el lugar donde vive y las actividades a las que se dedica. Tener un dragón es una gran responsabilidad. Los dragones son animales muy fieles, protegen a sus dueños y los llevan de un lugar a otro, pero los dueños también deben cuidar y proteger a sus dragones.

DRAGONES DE TIERRA
O COMPACTIFORMES

Son animales tímidos y cariñosos. Tienen las patas cortas y el cuerpo pequeño en comparación con otros dragones. No son muy ágiles, pero sí muy fuertes, y pueden llevar grandes cargas. Les gusta dormir en camas mullidas de paja y no necesitan hacer mucho ejercicio.

Chico, el dragón de Casi es un dragón de tierra.

DRAGONES DE FUEGO
O MANDIBULADOS

Estos dragones son animales dominantes y agresivos, muy difíciles de adiestrar. Suelen ser de color rojo brillante. Lanzan grandes bolas de fuego por la nariz y gruñen sin parar. Con disciplina y alguien que sepa dominarlos, son animales formidables e incansables. Les gustan los lugares cálidos.

Los dragones gemelos del exalcalde Wickenburg y de su hijo Murda son dragones de fuego.

DRAGONES DE AGUA
O MISTERIMORFOS

Este último nombre lo reciben porque nunca se sabe qué aspecto van a tener. Son los únicos dragones a los que les gusta el agua. Suelen ser juguetones y muy traviesos. Como son muy tragones, conviene controlar su dieta para que no engorden. Son el compañero de juego perfecto, pero se distraen mucho y es probable que hagan que su dueño siempre llegue tarde. Mondragó es un dragón de agua.

DRAGONES DE LAS CUEVAS
O CAZARÍFEROS

Estos dragones son muy buenos cazadores. Tienen un gran sentido del olfato y pueden ver en la oscuridad. Se mueven sigilosamente. Son animales nocturnos y no les gusta madrugar. Sus dientes afilados son muy útiles para cortar cualquier cosa.

El dragón de Fierro, el herrero, es un cazarífero.

DRAGONES DE HIELO
O MULTIMEMBRADOS

El cuerpo de estos dragones es muy diferente al del resto. Pueden tener dos cabezas, dos colas o dos patas. Son muy útiles en trabajos de construcción o para realizar distintas tareas a la vez. Resisten temperaturas frías y les gustan las montañas y los planes al aire libre.

El dragón bicéfalo de Antón es un dragón de hielo.

DRAGONES DE VIENTO
O VELOCÍPTEROS

La característica principal de estos dragones son sus grandes alas, que les permiten tener una gran destreza en el vuelo. Son muy ágiles y los animales más veloces que existen. Les gustan los espacios grandes y necesitan hacer mucho ejercicio para mantenerse en forma.

Flecha, el dragón de Arco, y Bruma, la dragona de Mayo, son dragones de viento.

¿Qué tipo de dragón te gustaría que te asignara Antón? Dibuja tu propio dragón, ponle nombre y envía tu dibujo con una descripción a la autora al correo electrónico: ana@anagalan.com